LE JAPON

ARTISTIQUE ET LITTÉRAIRE

FAC ET SPERA

AL

PARIS

ALPHONSE LEMERRE, ÉDITEUR

27-31, PASSAGE CHOISEUL, 27-31

—

1879

LE JAPON

ARTISTIQUE ET LITTÉRAIRE

LE JAPON

ARTISTIQUE ET LITTÉRAIRE

FAC ET SPERA

PARIS

ALPHONSE LEMERRE, ÉDITEUR

27-31, PASSAGE CHOISEUL, 27-31

—

1879

DÉDIÉ AUX ARTISTES

LE JAPON

ARTISTIQUE ET LITTÉRAIRE

I

HRISTOPHE COLOMB a dit : « El mundo es poco. » Notre planète n'est effectivement qu'une molécule du macrocosme universel et, malgré son exiguïté relative, nous ne la connaissons pas encore complètement.

Jusqu'à nos jours, le Japon, par exemple, a été entouré d'un profond mystère. Ce vaste archipel, sur lequel nous ne savions que ce qu'en a dit Kœmpfer, a vu fleurir une civilisation extrêmement raffinée et s'épanouir un art très personnel.

Nos pères, les ayant entrevus, s'étaient épris des laques précieux et des intéressants spécimens de céramique que les Hollandais, cantonnés à Décima, aux portes de Nagasaki, avaient presque furtivement introduits en Europe, avec un discernement souvent contestable.

L'Exposition universelle de 1867, où figurèrent brillamment les envois du Taïkoun et du prince de Satsuma, souleva le voile énigmatique qui couvrait l'art ésotérique de ce pays et eut l'attrait d'une révélation. Il fut également très remarqué aux exhibitions internationales de Vienne et de Philadelphie. L'Exposition de 1878, dans les sections modernes du Champ de Mars et dans les galeries rétrospectives du Trocadéro, a été une apothéose dont les japonistes se réjouissent à bon escient. L'art japonais a fait son entrée solennelle et définitive en Europe.

Il ne se révèle qu'aux initiés, familiarisés avec l'esthétique dont il relève, mais lorsqu'on pénètre dans son intimité on en subit invinciblement le charme absorbant. Il devient une obsession, une hantise.

Les Russes, les Yankees et les Anglais, grâce à leur cosmopolitisme éclectique, apprécient plus équitablement que les Français — trop sédentaires — cet art, dont les produits rivalisent avantageusement avec les chefs-d'œuvre de l'antiquité classique et les œuvres les plus vantées de la Renaissance.

Il attend un Sauvageot pour le synthétiser et le venger des outrages des marchands inconscients qui étalent des médiocrités de mauvais aloi, ainsi que des dédains systématiques des académiciens infatués, peu enclins à apprécier les qualités exquises de cet art subtil, qui ne relève pas des formules pédagogiques de l'Institut.

La Chine et ses magots passionnèrent nos pères, le Japon et ses laques nous enchantent; le japonisme est l'idolâtrie du moment et deviendra, je l'espère, le culte artistique de l'avenir.

Le laque est le produit national par excellence du Nippon et l'une des manifestations les plus élégantes de l'art universel. Or, comme on n'est pas encore suffisamment familiarisé, chez nous, avec les arcanes de cet art éblouissant, il ne sera pas oiseux d'expliquer, sans pédantisme, ce que c'est que la laque et ce que c'est que le laque.

La laque est un vernis qu'on extrait de l' « urushi », le *rhus vernicifera* des nomenclateurs. Ce vernis a l'éclat et la solidité du métal. Le vernisseur Martin s'efforça de l'imiter, au siècle dernier et quoique ses imitations fussent bien inférieures aux produits du Japon, les vernis Martin sont encore payés des prix élevés par des fanatiques.

Le laque, en japonais « makiyé », signifie « peinture poudrée, peinture laquée » à l'aide du vernis extrait de l' « urushi », qui sert de mordant et de fixatif. La substance qui se prête le mieux, comme excipient, à ce travail, est le « kinski », sorte de pin nommé par les botanistes *retinispora obtusa.*

C'est sur ce bois qu'ont été exécutés les plus beaux
travaux anciens, si recherchés aujourd'hui en Europe et aux États-Unis.

Un livre japonais, publié près de deux siècles
avant notre ère, parle de meubles en laque employés à la cour des Mikados, ce qui autorise à
supposer qu'à cette époque la fabrication des laques était déjà connue depuis quelque temps.

On conserve précieusement dans le « Téra »
— temple bouddhique — de Todaïji, à Nara, province de Yamato, des boîtes en laque, destinées
à renfermer des livres de prières, qui sont fort
appréciées des connaisseurs. Ces boîtes, auxquelles
on donne le nom de « Nuri makiyés », furent
fabriquées au IIIᵉ siècle de notre ère.

A la fin de l'année 380, le « sadaïjin » — ministre — Shihei, publia un livre intitulé *Engi-
Shiki*, dans lequel il signale incidemment les laques rouges et les laques d'or.

Vers 410, Minamoto-no-Juin écrivit l'*Utsubo
Monogatari*, dans lequel il parle des laques d'or
et des laques connus sous le nom de « Nashiji ».
Ces derniers sont d'un jaune orangé parsemé de
paillettes d'or. Minamoto ajoute que ces laques
étaient exécutés par des artistes très renommés.

En 480, Murasaki Shikibu, dans son *Ghendji
Monogatari*, parle d'un nouveau genre de laque
incrusté de nacre, c'est-à-dire burgauté, qui
prouve que les procédés allaient toujours en se
perfectionnant.

Jusqu'en 660, on ne signale plus de nouveaux progrès. De 664 à 900, le Japon fut en proie à des guerres continuelles et à des discordes civiles. C'est ce qui explique la petite quantité de laques fabriqués pendant cette période troublée.

Au temps de Mikado Sommu-Tenno, de 724 à 748, les objets de laqué vendus au Japon ressemblent tellement à ceux d'origine chinoise qu'on peut les croire importés.

Pendant la première moitié du IXe siècle, le « Makiyé » n'est pas encore très répandu et n'est probablement destiné qu'à embellir les palais des Mikados, des Daïmios et les sanctuaires des temples. On ne trouve pas son nom dans les annales des manufactures impériales de l'époque. Ce qui est certain, c'est que le goût artistique se réveilla vers 910, qu'en 1190 il y avait des artistes célèbres et qu'on conserve précieusement dans le temple de Tsurugaoka une boîte de ce temps-là.

On appelle « jodaïbutsu » les pièces fabriquées dans le XIIe siècle, avant l'avènement de Toba-Tenno et « jidaïbutsu » celles qui datent de son règne et de plusieurs règnes suivants.

Au temps de Nabu-Naga, vivait à Kioto le célèbre artiste, dont le vrai nom est inconnu, mais auquel on donna le surnom d'Igarashi, qu'adoptèrent ses descendants, et qui a laissé un traité célèbre et complet de l'art du « Makiyé ».

Vers 1687, cet art était au plus haut point de perfection et les œuvres des artistes de l'époque sont payées des prix inouïs par les amateurs japonais.

Le *Zampo-Zensho*, ouvrage paru en 1694,
donne une nomenclature des « Makiyés » anciens
et constate cinq périodes distinctes de production.

Il existe un livre d'or qui enregistre la généalogie des artistes les plus appréciés, le nom de
leurs élèves parvenus à la célébrité, qui ont conservé et transmis la tradition des grands maîtres
en « Makiyé ».

Après avoir lu le traité d'Igarashi, on comprend
la valeur extraordinaire des œuvres des bons artistes. Les pièces d'orfèvrerie les plus délicates,
les émaux les plus fins, exigent moins de talent
d'exécution, de patience et de goût. Il y a un
tact infini dans la composition, une finesse de
détails minutieux, une harmonie de ton et de lumière dans les fonds et les reliefs, qui font de
vrais joyaux, de véritables trésors des laques de la
période des Tokugawa.

Il fallait dix-huit mois pour exécuter un bon
laque, mais on mettait plusieurs années à parfaire
les qualités supérieures, qui sont d'incomparables
chefs-d'œuvre. On voit au Japon, dans une collection célèbre, un magnifique meuble en laque,
auquel l'artiste — un artiste de premier ordre —
travailla pendant soixante ans avec cette patienc
laborieuse et cette probité professionnelle qui caractérisent les anciens artistes du Nippon.

Les beaux laques ont l'éclat du métal et bravent

les outrages du temps et des éléments. Le *Nil*,
paquebot des Messageries nationales, qui rappor-
tait au Japon des spécimens qui avaient figuré à
l'Exposition de Vienne, sombra le 20 mars 1874,
à l'extrémité de la presqu'île d'Idzu, près de l'île
de Rock-Island, sur le récif de Mitsu-Ishi. Au
bout de dix-huit mois, on retira, à l'aide du sca-
phandre, le coffre renfermant ces laques précieux.
Après ce séjour prolongé dans l'eau de mer, les
objets furent trouvés intacts ; leur poli n'avait rien
perdu de son éclat.

Il y a des laques sur fond noir, nommés « hana
nuri » ; sur fond peau de poire, appelés « nashiji » ;
sur poudre d'or mat, désignés sous le nom de
« salvocat » ; sur fond de couleur brune parse-
mée de paillettes d'or, dit « aventurine » ; sur
bois naturel et sur métal. Il y a le laque burgauté, le laque xyloïde, qui imite les veines du
bois, le laque de Coromandel et le laque de
Pékin.

Je signale une qualité à fond noir mat et cha-
griné imitant l'ardoise, dont je connais trois spécimens rarissimes et probablement uniques en
Europe. Ce sont trois panneaux importants. L'un
représente un chat endormi, laqué d'or et d'argent et deux souris d'or qui profitent de son
sommeil pour le narguer ; l'autre un arbre noueux,
dont le tronc rugueux sert d'abri à un insecte aux
élytres chatoyants, que poursuit un oiseau au plu-
mage prismatique ; le troisième des feuilles et des

fleurs de lotus, sur lesquelles une abeille butine et une grenouille fait son « kief ». Ces laques d'une beauté inattendue, que je crois du XVIe siècle, sont d'un dessin grandiose, d'un puissant relief et d'une couleur vraiment symphonique.

Lorsque les jésuites envoyèrent à la cour de France les premiers laques, les courtisans se passionnèrent pour ces objets merveilleux. Le savant Huyghens et le vernisseur Martin cherchèrent vainement à en trouver le secret, l'un chimiquement, l'autre au point de vue de l'application. On s'en goûa des laques et comme il était difficile de se procurer des objets adaptés au goût et aux usages du temps en Europe, on expédia dans l'extrême Orient des meubles et des coffrets pour les faire laquer.

Les fameux laques de Marie-Antoinette, qu'on admire au Louvre, sont sans doute d'une belle qualité, mais inférieure à certains spécimens importés depuis ceux-là et à la collection que j'ai sous les yeux.

Quant aux laques communs, qui infestent les magasins de curiosités et qui faussent le goût du public, ils sont fabriqués par des procédés hâtifs, n'ont rien de commun avec la grande école des laqueurs inscrite au livre d'or, et ne ressemblent pas plus aux beaux laques qu'une image d'Épinal à un tableau de maître.

Le Nippon a reçu les premières inspirations artistiques de la Chine. Seulement, il faut constater

que l'art qui, chez les Chinois, peuple sceptique
et sans chaleur, fut et est resté généralement mé-
thodique, ponctuel, minutieux et guindé, prit et a
gardé, chez les Japonais, une allure absolument libre,
vive, riante et fantaisiste comme leur caractère. Il
faut insister sur ce point que l'art japonais échappa
à l'imitation servile, ne garda du Céleste-Empire
que la science, la méthode, les procédés, qu'il ap-
pliqua à des sujets nationaux, dans un style idio-
syncrasique, avec plus d'élégance, d'imagination, de
mouvement et de morbidesse que les «Célestes».

Le domaine de cet art paraît restreint de prime
abord, mais on s'aperçoit, à l'examen, qu'il est
extrêmement varié et que sa formule est ar-
rêtée avec une précision aussi rigoureuse que celle
de notre art classique. Il y a au Nippon l'art or-
thodoxe des bonzeries et l'art séculier, asservis
l'un et l'autre par la tradition. Ils répètent à sa-
tiété les mêmes sujets avec une abnégation ra-
chetée, chez les artistes transcendants, par le pres-
tige inouï de l'exécution, toujours très personnelle.
Chez les Japonais, comme chez tous les peuples
prédestinés que le génie des arts a emportés sur
ses ailes d'or, l'artiste s'empare d'une idée depuis
longtemps populaire et souvent traitée, mais il lui
donne une expression si complète qu'elle est définitive et que son œuvre devient immortelle.

Les artistes japonais représentent fréquemment
les seize disciples de Bouddha, les sept dieux populaires du Bonheur, les saints du bouddhisme,

les dragons des typhons et de la foudre, les épisodes de la vie de Bouddha, qu'ils nomment
Amida, les exploits d'Hatchiman, les prouesses
d'un paladin, espèce de saint Georges ou de Persée
vainqueur d'un dragon qui désolait Kioto et avait
même chassé le Mikado de son palais, et la légende de Benkéi, l'Hercule du Nippon. Ils représentent ce dernier au moment où il vient de déro-
ber l'énorme cloche du « Mya » — temple shin-
toïte — de Midera, près du lac Biwa, à trois
lieues de Kioto et qu'il ne consentit à rendre qu'à
la condition qu'on lui servirait une colossale mar-
mite pleine de soupe qu'il dévora.

Les conceptions psychiques, philosophiques et
surtout synthétiques dépassent habituellement le
génie de ces artistes naturalistes et impressionnistes. A part quelques types hiératiques transmis
par la liturgie, on trouve peu de créations révé-
lant une aspiration vers la beauté idéale, telle que
nous la concevons depuis Platon et Phidias. La
colossale statue du Daïbouts de Kamakura peut
cependant être considérée comme une des œuvres
les plus accomplies de l'art absolu, au double point
de vue du rythme esthétique et de l'austérité du
sentiment religieux. Il existe également des peintures sur fond d'or, émanant de l'art monastique
et de la vieille école des miniaturistes de Kioto, qui
ont la grâce idéale, l'onction mystique, l'ingénuité
extatique, la conscience et la sérénité de nos
primitifs.

Le goût européen, puisé aux sources conven-
tionnelles de l'esthétique classique, se cabre en
présence de ce style également conventionnel, auquel les artistes du Nippon s'assujettissent, dans la
reproduction de la figure humaine, qu'ils traitent
avec un humour poussé jusqu'au paroxysme de
l'ironie et devant leur indifférence pour les lois de
la perspective, qu'ils dédaignent souvent, mais
qu'ils observent parfois. Ils professent un grand
dédain pour la forme humaine, qu'ils ne consi-
dèrent que comme l'enveloppe éphémère d'une
âme périssable, destinée à disparaître dans le
néant du nirvâna.

Qu'ils traitent la céramique, la peinture, le
bronze ou les laques, tant qu'ils n'attaquent pas
d'autres motifs que les végétaux, les oiseaux, les
poissons, les insectes ou les fleurs, ils sont inimitables. Leurs fleurs sont si vivantes qu'elles justi-
fient la doctrine du naturaliste qui a dit que le
végétal est un animal qui dort. Dans l'Orient,
pays par excellence des arts décoratifs, ils doivent
être considérés comme des décorateurs et des
ornemanistes sans rivaux, parce qu'ils savent
sacrifier les détails aux exigences de l'ensemble
avec une grâce voluptueuse, noble et harmonieuse.
Ce sont des primitifs à la fois naïfs et avisés. Ils
déploient plus de style dans l'interprétation libre
d'un oiseau, d'un poisson, d'un insecte ou d'une
fleur que nous n'en mettons à interpréter un dieu,
un héros, une vierge ou une bacchante. Ils rendent

avec sincérité l'intime rayonnement, les séductions
mystérieuses des êtres et des choses, qui consti-
tuent le vrai beau parce que c'est la vie. La décoration que nous envisageons d'une manière si
roide ou si déclamatoire et que nous exécutons
d'une façon algébrique et géométrique devrait être,
comme chez eux, spontanée et lyrique. On trouve
dans leurs œuvres cette science et cette adoration
de la nature qui donnent la couleur, la vibration
et, pour ainsi dire, le parfum à tout ce qui sort
de leurs mains, avec un spirituel abandon, une
sensibilité exquise et une émotion communicative.
Ils ont, en un mot, le génie de l'interprétation,
qui les préserve de l'affectation de l'idéalisme
subtil aussi bien que des ignominies du réalisme
brutal.

Bien des siècles se sont écoulés depuis que
l'idéalité du temps a été proclamée. Plotin, dans
ses *Ennéades*, a dit : « Il ne faut pas admettre
de temps en dehors de l'âme… c'est notre vie qui
engendre le temps. » Maupertuis, bien avant l'école
philosophique allemande, a formulé l'idéalité de
l'étendue : « Si l'on croit, disait-il, que dans cette
prétendue essence des corps dans l'étendue il y
ait plus de réalité appartenant aux corps mêmes
que dans l'odeur, le son, le goût, la dureté, c'est
une illusion. L'étendue, comme les autres, n'est
qu'une perception de mon âme transportée à un
objet extérieur, sans qu'il y ait dans l'objet rien
qui puisse ressembler à ce que mon âme aperçoit.

Les distances qu'on suppose distinguer, les différentes parties de l'étendue n'ont donc pas une
autre réalité que les différents sons de la musique,
les différences que l'on aperçoit dans les odeurs,
dans les différents degrés de dureté. »

Cette doctrine est excessive, sans doute, mais
il est incontestable qu'en présence de la nature,
l'artiste doit interpréter virtuellement une image
dont il porte le modèle en lui et qu'il doit la
compléter en s'ajoutant à elle : *Ars est homo ad-
ditus naturæ.* L'artiste est, jusqu'à un certain
point, l'essence de la création, la volonté s'objec-
tivant. Une sorte d'homéomérie intellectuelle pré-
side aux rapports du sujet avec les idées ; l'élément objectif et l'élément subjectif se pénètrent.
Le contemplateur attire la nature en lui et finit
par la ressentir comme un accident de sa propre
substance. Il s'isole dans une sphère supérieure,
sourd aux bruits de l'univers extérieur, dans un
« intermonde » où il s'extasie.

Si, comme l'ont cru des penseurs moroses, la
vie n'est qu'une longue douleur pour les âmes
d'élite, elles peuvent se consoler des amères fatalités de l'existence en se réfugiant dans les sphères
artistiques. L'art, qui couvre d'un voile d'or les
sombres réalités, est la représentation du monde
des phénomènes à travers un prisme consolateur,
une sélection de la nature transfigurée par l'imagination et il devient alors la fleur sacrée et con-
quise d'une plante maudite.

Les Japonais ont excellé dans ces ravissants
« nestkés » en bois, en ivoire et parfois en or et en
argent qu'on portait en breloques, dans les nielles
et les damasquinures de leurs armes et de leurs
vases précieux, dans la ciselure des gardes de sabre.
Ils travaillaient à la loupe et affectionnaient les
petits formats. On pourrait appliquer aux dimen-
sions de leurs œuvres ce que Mme de Motteville
disait d'Anne d'Autriche : « Elle avait de la gorge
assez pour remplir la main d'un honnête homme.»
Leur goût les met hors de pair dans le rendu scru-
puleux, la netteté de l'expression et l'éloquence des
attitudes. Ils disposaient de ressources techniques
presque rudimentaires, mais comme ils n'étaient pas
hantés par la névrose, ils ont eu cette inexorable
certitude d'exécution qui tient du prodige.

Ils ont fait des bronzes qui, comme ceux de la
Renaissance, sont fondus à cire perdue et ciselés.
Dans ce travail de fonte et de ciselure ils n'ont
pas de maîtres ; ils dépassent les Chinois eux-
mêmes, non seulement par la liberté primesautière
de l'inspiration, mais encore par la finesse de
l'exécution. La patine de ces bronzes est ravis-
sante. Ils les colorent avec du vinaigre, du sulfate
du cuivre, du sulfate de fer, de l'oxyde rouge de
fer et du vernis de laque. Ces bronzes sont souvent rehaussés d'incrustations d'or, d'argent, de
nacre, de corail et de perles fines.

Ils ont touché à toutes les branches de l'art
avec une égale supériorité. Ils ont fait des « re-

poussés » merveilleux, des broderies de soie et des brocarts d'or et d'argent inimitables. Malgré les vicissitudes des révolutions, on conserve encore dans des temples quelques-unes de ces étoffes éblouissantes. Leur papier est le plus beau et le meilleur du monde. Le « Kozo », le *broussonetia papyrifera* des botanistes, fournit les principaux ingrédients nécessaires à sa fabrication. Leurs papiers gaufrés et peints ont la richesse et la solidité des plus beaux cuirs de Cordoue.

Ils ont produit des splendeurs en orfèvrerie, bijouterie et joaillerie d'or, d'argent, de « shakadu », de « schibuichi », de « skirou » et de « mokamea ». Le shakadu est un métal noir bleuâtre, formé par un mélange d'or et de cuivre ; le schibuichi, noir gris, est obtenu en alliant le cuivre à l'argent ; le skirou, rouge de sang, est la fusion de divers métaux ; le mokamea, couleur veine de bois, est une sorte de marqueterie de vingt-cinq métaux laminés en plaque, découpés et forgés à froid.

La floraison de leur art à son zénith fut météorique comme celle de tous les arts dont la perfection éphémère est voisine de la décadence. Ce qu'on appelle vulgairement les siècles de Périclès, d'Auguste, de Léon X et de Louis XIV ne dura que quelques années. L'incubation artistique est lente et son épanouissement ne subsiste qu'un jour, comme les fleurs délicates aux aromes volatils et pénétrants. L'apogée de l'art japonais coïncide

3

avec la Renaissance, il a fleuri presque à la même
heure.

N'y aurait-il pas des périodes climatériques,
des courants cosmiques dans l'humanité? A certaines époques prédestinées, un souffle génésiaque
semble passer sur le monde ému et le féconder,
comme les vents embrasés promènent dans l'espace
le pollen qui va, à travers les déserts mornes,
porter la vie dans les vertes oasis.

Les pédants officiels, si étrangers à ce qui n'est
pas consacré par les recettes académiques, outra-
gent gratuitement un art qu'ils ignorent, en lui
infligeant la dédaigneuse épithète de « bibelot ».
J'affirme que cet art marche de pair et prime
même celui dont nous relevons. A l'extrême ri-
gueur, la comparaison deviendrait écrasante pour
nous devant un aréopage compétent. L'art gourmé
de l'Occident, abstraction faite du mérite personnel
des artistes, est empreint d'une espèce d'automa-
tisme morbide ; l'art de l'extrême Orient a la
vibrante spontanéité de la vie, mêlée d'un accent
de sauvagerie, qui lui donne une mordante et
mystérieuse saveur. Des sommets d'un idéal formel
les Japonais étreignent amoureusement la nature
avec une énergie que nous n'avons pas.

J'ai vécu dans l'intimité de nos plus éminents
artistes et j'ai pu constater que tous professent une
grande admiration pour l'art japonais que le public,
— mis en éveil par les spécimens de qualité relative-
ment inférieure, qui ont figuré dans les diverses ex-

positions internationales, — n'apprécie pas encore à
sa juste valeur, mais dont il s'éprendra, lorsqu'il
en connaîtra les splendeurs, sélectivement réunie
dans une synthèse déterminante par des collection-
neurs émérites.

II

Les Chinois ont obtenu des céramiques estimées en bleu de Chine, en bleu lapis ou turquoise, en céladon, en rouge irisé, d'autres imitant le porphyre, le jaspe sanguin, l'obsidienne et la serpentine. Ils ont épuisé sur le kaolin et le feldspath toutes les variations chromatiques de la couleur. Si les Japonais ne leur sont pas supérieurs dans la transparence et l'homogénéité de la pâte, ils le sont pour la décoration, qui demande un goût sûr et délicat, qui manque parfois aux « Célestes ».

L'origine de la céramique japonaise remonte à la plus haute antiquité. Elle est mentionnée 660 ans avan J.-C. L'an 27 de notre ère, des Coréens s'établirent dans la province d'Omi et fa-

briquèrent des poteries plus résistantes que celles
existant jusqu'alors. Au 11e siècle, cette industrie
avait fait de notables progrès. En 720, le bonze
Giyogi, natif du district d'Otori, dans la province
d'Idzumi, inventa le tour. Dès lors, grâce aux
procédés employés par les Chinois et les Coréens,
l'art céramique prit définitivement son essor dans
le Nippon.

Il y a au Japon trois genres bien distincts de
produits céramiques : la faïence, représentée par
le « Satsuma », l' « Awata-Yaki » et l' « Awagi-
Yaki » ; les grès cérames, qui portent le nom de
« Banko-Yaki » et la porcelaine divisée en Arita,
Imari, Seto et Kiyomidzu-Yaki.

Simidzu-Yoshi-Hisa, prince de Satsuma, l'un
des généraux envoyés en Corée en 1592, par
Taïko-Sama, ramena dix-sept potiers célèbres,
qu'il établit dans les deux provinces de Satsuma
et d'Osumi. Plus tard il rassembla ces ouvriers à
Naeshiro-Gawa, pour leur faire pratiquer leur
industrie. On y trouve actuellement cinq cents familles, formant un total de quatre cent trente in-
dividus, exerçant le métier de leurs ancêtres, mais
avec moins de probité artistique. Les « Nishikidés » sont les pièces les plus estimées de cette
admirable céramique, jadis si belle, aujourd'hui
si déchue. Le vieux « Satsuma » est fort rare,
et très recherché ; le moderne est indigne de l'at-
tention des connaisseurs.

L'industrie de l' « Awata-Yaki », de l' « Eiraku-

Yaki », du « Raku-Yaki » et du « Kiyomidzu-Yaki » apparut à Kioto vers 1640.

L' « Awata-Yaki » est une faïence dont la fabrication est restée exclusivement dans les mains de dix familles, qui emploient toujours les procédés de leurs aïeux. Un seul de ces industriels, nommé Tanzan Rokuro, s'est écarté de la tradition et a fabriqué de la porcelaine. La faïence est d'un éclat et d'un lustre fort prisés au Japon.

L' « Eiraku-Yaki », inventé par Zingoro, est une porcelaine. Les descendants de l'inventeur continuèrent à exercer la profession pendant dix générations. Vers 1800, le chef de cette famille, nommé Zingoro Riozen, trouva le secret d'imiter les anciens produits céramiques chinois et japonais. Les objets colorés avec l'oxyde rouge de fer et ornés d'antiques dessins d'or jouissent d'une grande réputation. Les modèles dont Riozen se servit remontent, dit-on, à l'époque des Ming, c'est-à-dire au xve siècle, pendant la période chinoise dite « Eiraku ». Un membre de la famille shôgunale Tokugawa, le prince Kishu, admirateur passionné des œuvres de Riozen, leur donna le nom de « Eiraku ». A partir de ce moment, Riozen adopta ce nom comme nom patronymique. Les objets qu'il fabriqua furent dès lors nommés « Eiraku-Kinrandé », parce qu'ils ont l'éclat du brocart d'or, appelé « Kinran » par les Japonais.

Le Coréen Ayama s'établit à Kioto en 1550 et fut le premier à fabriquer la faïence dite « raku-yaki ». Son petit-fils Kichizaïemon reçut de Taïko-Sama, en 1580, un cachet en or portant le caractère « raku », qui signifie « plaisir, bonheur », avec ordre de le placer sur tous les objets qu'il fabriquerait. Ce sont généralement des théières et des tasses.

L'origine des faïences de Kiyomidzu et de Gozo remonte à 1670, époque à laquelle Otowaya Kurobe se livra à l'industrie de la céramique à Chanwangaha de Higashi-Yama, dans la province de Yamashiro. Vers 1750, plusieurs potiers allèrent s'installer dans les localités où se trouvent les fabriques actuelles, c'est-à-dire à Kiyomidzu et à Goyozaka, où l'on compte quinze fours.

Les faïences de Kioto, que l'on confond parfois avec le « Satsuma », se distinguent par leur fond craquelé, sur lequel se détachent des personnages. Elles sont généralement dans une gamme fuligineuse et sourde, qu'un œil exercé ne confondra jamais avec les « nishikidés » de Satsuma, si ambrés et si nacrés.

Le grès cérame à pâte ferrugineuse ou « banko-yaki » fut inventé, en 1680, par Banko-Kichibe, à Komüme. Cette céramique imitait le « Satsuma ». La fabrique n'existe plus. En 1840, un potier, nommé Yusetsu, de Komaki, près de Kuwana, province d'Isé, se mit à faire un genre particulier de grès cérame, à pâte ferrugineuse, en lui donnant l'ancien nom de « Banko-Yaki ».

La poterie de Séto doit remonter au xiiie siècle.

Dans le courant de l'année 1220, Kato-Schiro-
zaïcmon alla en Chine pour y étudier cette industrie, qui y florissait depuis un temps immé-
morial, puisqu'il est à peu près certain que les
vases « murrhins », si estimés des Romains,
étaient des vases en porcelaine de Chine. De retour au Japon, Kato se rendit d'abord dans la
province de Bizen, puis aux environs de Kioto,
dans les provinces de Mino et d'Owari, où il se
livra à des essais infructueux. Il s'établit ensuite
à Soboga Fûtokoro, dans le village de Séto, district de Kasaguc, province d'Owari, où il avait
découvert les matières qu'il cherchait et finit par
réussir. Selon l'usage japonais, sa profession fut
exercée de père en fils dans sa famille. Vers 1800,
un de ses descendants, Kato Kichizaicmon, dé-
roba les recettes des procédés employés à Arita
et fabriqua des porcelaines dites « somet-suké »,
à fond blanc orné de dessins bleus peints sous la
glaçure.

Mino produit des faïences et des porcelaines.
La porcelaine ressemble au « somet-suké ». Les
manufactures où on fabrique ces produits se
trouvent situées dans différents villages du district
de Toki. La plus célèbre est à Tagima.

La porcelaine de Kutani date de 1650. Les matières premières sont tirées de Kutani, district
d'Encama, province de Kaga. Cette céramique
est d'un coloris intense bleu, vert clair, rouge,
vert foncé, mauve et jaune pur.

La porcelaine de Kaga se recommande par ses théières minuscules, ses tasses microscopiques et autres ustensiles, ornés de dessins rouges et or, d'une grande délicatesse, mais dont les mièvreries rappellent les marivaudages de la porcelaine de Saxe.

Arita, dans la province de Hizen, est le centre de la fabrication de la porcelaine qui y prit naissance en 1510. Vers ce temps-là, Gorodaya Shonsui, originaire de la province d'Isé, se rendit en Chine, où il apprit le secret de faire la porcelaine. A son retour, il s'établit dans la province de Hizen, mais on ignore où se trouvait réellement sa résidence. Il est l'inventeur du « sometsuké. »

Lors de l'expédition de Taïko-Sama en Corée, un de ses généraux, nommé Taku, ramena un Coréen appelé Rizampu, qui s'établit à Tanaka, actuellement Arita, où il fabriqua des porcelaines fines et sans défauts. Plus tard Higashi-Jima-Tokuyemon, natif d'Imari, également dans la province de Hizen, secondé par son compatriote Gesu Gombe, parvint à décorer des porcelaines d'Arita avec de la poudre d'or et d'argent. On a donné le nom de « Gokushin » à la qualité supérieure de ces porcelaines.

Dans cet aperçu hâtif d'un art sur lequel nous manquons encore de renseignements précis, je n'essayerai pas une rigoureuse nomenclature de l'infinie variété de céramiques fabriquées au Japon.

Je laisse à de plus téméraires le soin de parler
des « maats-ubo », des chrysanthemo-pœoniennes,
des céladons, des porcelaines laquées, burgautées,
cloisonnées, truitées, flambées, et de ce que nous
avons fort arbitrairement et assez cavalièrement
nommé les familles jaunes, vertes, roses et bleues.
La céramique me paraît un produit empirique,
résultant moins des déterminations objectives de
l'artiste en « figulines » que des hâsards fortuits de
la cuisson. Sauf quelques rares pièces d'une indé-
niable beauté, cet art ne mérite pas la faveur dont
il est l'objet de la part de quelques maniaques.

III

L A peinture, que le peintre Francisco Pacheco, le-beau-père de Vélasquez, appelait l'écriture silencieuse de l'idiome universel, est plus objective que la céramique.

L'origine de la peinture japonaise est environnée d'incertitudes. En 463 de notre ère, le Mikado Yuriaku-Tenno fit demander en Corée des artistes qui lui furent envoyés et au nombre desquels se trouvait un peintre nommé Inshiraga.

Le plus ancien tableau japonais connu représente le prince Sho-Toku-Taishi. Ce tableau, exécuté sous le règne de Suiko-Tenno, au commencement du VIIe siècle, est précieusement conservé dans le temple de Horiuji, dans la province de Yamato.

Peu de temps après, le gouvernement créa, pour
encourager la peinture, une académie qui prit le
nom de « Guwa-Koshi », qu'on changea, en 808,
en celui de « Edokoro ». Le style de cet art, à
cette époque, alliait l'énergie à la finesse.

On cite le nom de Kosé-Kanaoka, peintre et
poëte, qui vivait vers la fin du ix° siècle et qui
jouissait, paraît-il, d'une célébrité méritée.

Il se forma insensiblement une école de portrai-
tistes, qui s'attachèrent surtout à peindre les sei-
gneurs en costumes de cour, surchargés d'orne-
ments pompeux, dont le caractère différait essen-
tiellement de l'école primitive. Le principal artiste
de cette école nouvelle, directeur de l' « Édokoro »,
s'appelait Tunetaka, et son titre officiel était To-
sagon-no-Kami. Ses descendants prirent le nom
de Tosa, qu'ils adoptèrent comme nom patronymique. De là celui de Tosaë donné à cette école.
Les prouesses, les amours, les aventures héroïques
et légendaires des daïmios, les vicissitudes des
guerres féodales inspirèrent les artistes qui retra-
cèrent les épisodes épiques de leurs histoires poétiques et fabuleuses.

Les Japonais ont peint de nombreux « kakémonos », — tableaux souvent exécutés sur soie, qui
peuvent être roulés sur des baguettes cylindriques
à l'instar de nos cartes géographiques, — dont
les premiers modèles leur furent transmis par les
Chinois. Les sujets traités sont de trois sortes :
les sujets héroïques et liturgiques, les sujets

humoristiques et picaresques, les sujets botaniques
et zoologiques. Ces sujets s'affirment avec un for-
malisme rigoureux. Le sentiment de la mesure
manque parfois à cet art d'une exécution presque
toujours irréprochable, car, avec les artistes de
l'extrême Orient, il faut moins se préoccuper de
l'inspiration que de la facture.

J'ai sous les yeux deux « kakémonos » chinois
d'une splendeur stupéfiante. Ces miniatures inouïes,
d'un style exquis et d'une couleur adorable, représentent les mystères du ciel et de l'enfer bouddhiques. Les œuvres de nos dessinateurs les plus
précis et de nos plus véhéments coloristes parais-
sent froides et sourdes, comparées à ces prodiges.
Les avatars bouddhiques s'y déroulent sur les di-
vins lotus avec une inexprimable variété d'attitudes,
une libre fantaisie qui ne sont limitées que par les
canons théologiques. Les antiphonaires pontifi-
caux, les psautiers monastiques, les livres d'heu-
res royaux, les plus précieux vélins, enluminés
de séraphins ailés, de vierges mystiques et de
saints extasiés, empruntés à la légende dorée du
catholicisme, n'ont pas plus de grâce et d'éclat
que ces deux « kakémonos » du XIIIe siècle,
éblouissants comme des gemmes et si bien con-
servés qu'on les croirait peints d'hier.

Une inscription en caractères chinois, placée
au dos de ces deux chefs-d'œuvre, dit que « le
grand maître sorcier des bonzes Kon-Fa-Ta-
Cheu, qui dirigeait deux capitales, fut chargé

personnellement par l'empereur Hué — qui ré-
gnait en 1260 — de peindre ces « kakémonos »
Il les dédia à l'empereur Su-Hué. Il s'attira par
ce travail une réputation universelle. Son visage
était noble, quoique sa natte fût rasée, en qualité
de bonze. Sur toutes les murailles où ces peintures furent appendues elles reçurent les prières
des magistrats. Elles représentent deux mondes :
le ciel et l'enfer, et forment une œuvre unique et
sans copie. Tous les magistrats, de génération en
génération, viendront s'incliner devant ces tableaux et devront y ajouter foi, car ils y verront
l'image de la vérité.

A L'EMPEREUR PO-YON-HUÉ,

Huitième année, dixième mois, premier jour.

Signé : PO-CHIN-TCHÉN. »

Je connais aussi deux panneaux, encadrés dans
des bordures en bois de fer, ornées de grecques
sculptées, devant l'exécution desquelles recule-
raient nos plus habiles sculpteurs sur bois. Le
fond de ces panneaux est laqué d'une couleur
nankin. Des appliques en jade vert et blanc, in-
crustées sur ce fond, représentent de majestueux
lotus d'un style épique et d'une facture grandiose.
Je ne pense pas que le jade, nommé par les Chinois « yu-chi », — pierre de Yu, — ait jamais été
taillé avec une plus souveraine maestria. Cette

pierre — mystérieuse et chaude comme l'ambre
si réfractaire au ciseau et d'une rigidité compa-
rable au diamant — s'est assouplie, avec la doci-
lité de la cire vierge, sous la main patiente et
magistrale de l'artiste, avec une grâce sévère et
un charme hiératique. La lumière jouant dans ces
fleurs fascinatrices, d'une ampleur tropicale, leur
prête une magie prismatique, captivante comme
une vision.

Le jade figurait, sous le nom de « Yeschf », au
nombre des douze pierres talismaniques qui res-
plendissaient sur le pectoral des grands prêtres des
douze tribus d'Israël. Cette pierre précieuse, dont
les Chinois ont fait le quintuple symbole de la
science, de la justice, de la prudence, de la joie et
de la fidélité, parce qu'elle est dure, inaltérable,
harmonieusement colorée, mélodieusement sonore
et difficile à travailler, est plus estimée, chez eux,
que le diamant, l'émeraude et le rubis.

Ces panneaux, qui sont en réalité de la peinture
sculptée, réalisent l'idéal olympien de Michel-
Ange, qui disait que la peinture n'est grande que
lorsqu'elle se rapproche de la sculpture et que la
sculpture, au contraire, s'amoindrit en penchant
vers la peinture.

Là-bas, dans l'extrême Orient, un artiste ano-
nyme a naïvement réalisé, sans emphase et sans
dogmatisme préconçu, aux bords du fleuve Jaune,
ce que le grand Buonarrotti rêvait sur les rives de
l'Arno.

Le xviᵉ siècle vit fleurir au Japon les illus-
tres maîtres Kao, Meichô, Josetsu, Shûbun, et
bien d'autres, qui avaient étudié la peinture chinoise. Le bonze Sesshu, qui vécut peu après, fut
aussi un maître vénéré, ainsi que Kano Masanobu
et son fils Monotobu. Leurs descendants ont suivi
leurs exemples jusqu'à nos jours et exercent actuellement la même profession. Les familles Kano et
Tosa existent encore et comptent dans leurs rangs
des artistes émérites.

En 1590, Iwasa Matabe, élève de l'école Tosaë,
s'attacha à représenter les mœurs de son époque
et a laissé de précieux renseignements. L'art s'ouvrit alors à l'interprétation de la vie publique, aux
« matsouris », aux jeux, aux chasses shôgunales,
et finit par s'intéresser aux scènes familières de la
vie intime. Hishigawa Moronobu, un des imita-
teurs d'Iwasa Matabe, qui vivait à Yédo, en 1690,
fut le fondateur de l'école Utagawa.

En 1720, les Chinois Chin-Nam-Ping, Chinumëi
et Shabuson, s'établirent à Nagasaki, où ils formè-
rent de nombreux élèves et mirent la peinture
chinoise en honneur, mais les Japonais lui commu-
niquèrent leur accent individuel et lui infusèrent
leur sève originelle et originale.

Vers la fin du siècle dernier, les images impri-
mées se multiplièrent et l'art entra dans un courant
nouveau. Il copia les acteurs. Alors parurent ces
innombrables séries de Matamores et de Capitans
japonais, aux attitudes outrées et convulsives, plus

surprenants que les héros de Callot et d'Abraham
Bosse.

Il existe un genre de peinture nommée «sumie»,
exécutée à l'encre de Chine, qui est très appréciée
au Nippon. Les «yémas», croquis de chevaux,
tracés avec un brio endiablé et une dextérité pro-
digieuse, sont une des curiosités artistiques de ce
pays.

En résumé, les peintres japonais, admirateurs
fervents de l'éternelle nature, sont pleins d'harmonie séduisante, de grâce délicate, d'observations
fines et de poésie pénétrante. Ils voient la création
par les côtés héroïques, lyriques, philosophiques
et touchent à l'épopée par la sincérité.

Leur art est l'apothéose de l'impression ner-
veuse et vibrante, si différente des élucubrations
maladives et préméditées de nos impressionnistes,
qui s'arrêtent au moment où la difficulté commence
et érigent complaisamment leur impuissance en
doctrine, en haine de l'idéal applicable, qu'ils con-
sidèrent comme une abstraction, dont ils n'ont pas
senti les divines aspirations. Cet art, dont nous
subirons forcément les vivifiantes influences, ne
devra pas être imité servilement, mais fructueuse-
ment médité pour nous régénérer.

La gravure florissait en Chine et au Japon bien
avant Maso de Finiguiera. On connaît des gravures
japonaises sur bois, antérieures et d'un mérite égal,
sinon supérieur, à celles d'Albert Dürer, de Lucas
de Leyde et de Marc-Antoine Raimondi.

Ok-Saï, qui vivait dans le courant du siècle ac-
tuel, résumait en lui le génie d'Hogarth, de Callot
et de Goya. Il a « croqué » les daïmios, les samuraï, les hattamotos, les yakunins, les musmés, les
gueshas, les lutteurs, les acteurs, les saltimbanques,
les prestidigitateurs, les animaux, les poissons, les
oiseaux, les insectes, les reptiles, les fleurs et les
sites du Japon avec une verve inépuisable. L'énergie du mouvement et l'intensité de l'expression
sont poussées jusqu'à leurs dernières limites. Le
vieux Nippon défile comme une féerie et un cau-
chemar dans ses albums, fidèles révélateurs des
types et des mœurs de l'extrême Orient. Je ne
connais pas de crayon plus sûr, plus large, plus
fougueux, plus humoristique et plus universel que
le sien ; c'est un des plus grands dessinateurs du
monde.

Certains albums japonais, surtout les albums
d'insectes, d'oiseaux et de fleurs, sont éclatants
comme des écrins de pierreries. Il y a aussi des
images peintes qui rappellent tantôt la grâce naïve
et ineffable des peintres ombriens, tantôt les spiri-
tuelles afféteries des artistes maniérés du xviiie siècle.

J'ai sous la main des échantillons, triés sur le
volet, des diverses productions de cet art, dont je
poursuis obstinément la synthèse. Ce que j'en dis
n'est donc pas l'expression fantaisiste et dithyram-
bique d'un affolement provoqué par la magie des
charmeurs du Nippon, c'est le procès-verbal mû-
rement réfléchi de l'étude assidue d'un art aristo-

cratique et sobre, qui s'acclimatera parmi nous sous le patronage éclairé des artistes qu'il ravit.

L'art indien et l'art persan, qu'on essaye vainement de préconiser, sont très inférieurs aux arts chinois et japonais. Malgré quelques beaux accents de coloration et des finesses grêles et monocordes d'exécution, l'Inde et la Perse ne peuvent pas entrer en lice avec la Chine et surtout avec le Japon. Les envois du Schah et la collection « voyante » du prince de Galles, à l'Exposition universelle du Champ de Mars, l'ont péremptoirement démontré aux moins clairvoyants.

Les Japonais sont inférieurs aux Chinois pour les émaux sur métal. Ils ne connaissent pas l'art de champlever, c'est-à-dire de ménager sur l'excipient métallique des filets qui doivent former des dessins et séparer ces différentes cellules de la matière vitreuse diversement colorée. Ils n'emploient que le cloisonnage, qui consiste à promener sur l'excipient un filet de métal contenant l'émail dans ses volutes.

IV

L E théâtre, au Japon, a commencé, comme nos
mystères, par être un accessoire de la religion. Plus tard, il se sécularisa et devint un plaisir
profane. Il a toujours été, sur la terre des Kamis,
la récréation des classes moyennes et du menu
peuple. Le tempérament peu littéraire des Shôguns
et de leur belliqueux entourage les tint en dehors
du mouvement des esprits dans leur propre capi-
tale d'Yédo. Tout ce qui se rattachait au palais
shôgunal affectait de dédaigner les représentations
scéniques. L'aristocratie n'allait pas au théâtre ou
s'y rendait furtivement. Les nobles avaient une
troupe à leur solde ou réquisitionnaient celle de la
ville. Quant au théâtre de cour, celui du Mikado,
il ne sortait pas de l'enceinte daïrienne du Gosho,

à Kioto, et était destiné à distraire l'entourage théocratique du Fils du Soleil.

Le «Chibaï», — théâtre national, — si apprécié à Yédo, s'est insensiblement implanté dans toutes les villes de l'empire, mais c'est à Yédo, — aujourd'hui Tokio, — spécialement dans O-Siro et les arrondissements du nord, que se trouvent les principaux foyers qui animent cette institution.

Il y a d'abord le groupe de théâtres de Chibaï-Ya-Matsi, de Nippon-Kita, aux abords de Riogoku-Bassi, comprenant les quatre grands théâtres nommés Hounoumegahora, Sakaïdjo, Foukijoutio et Sarou-Wakawatsi ; puis, dans la partie nord-est d'Asaksa-Imato, un autre Chibaï-Ya-Matsi, comprenant les théâtres de Nakamourasa, de Nizimoura et de Kawasasaki.

Outre le théâtre national, dont le répertoire est joué par des hommes et par des éphèbes travestis en femmes, il existe d'autres établissements exclusivement desservis par des femmes ; d'autres encore où les acteurs font seulement des gestes pendant que des engastrimythes prononcent les paroles.

Les mœurs des habitants de ces lieux de plaisir sont singulières. On arrive au théâtre au lever du jour, on s'y installe en famille dans les loges, où le public mange, boit, cause et fume. Parfois le spectateur donne la réplique aux acteurs et les interpelle avec une bonhomie pleine d'abandon. Des restaurants sont annexés aux théâtres. On y

joue aux dames, au tric-trac, aux dés, à la mourre.
La représentation s'étend jusqu'au soir, reprend
le lendemain et parfois le surlendemain.

Les acteurs n'entrent pas en scène en venant
des coulisses. Ils passent sur le théâtre par un
praticable, espèce de pont qui relie la salle à la
scène, à l'endroit où, chez nous, se trouve la
baignoire d'avant-scène de gauche. Les change-
ments à vue s'opèrent à l'aide d'un plancher tour-
nant, tandis que les acteurs gardent un geste, une
attitude, pendant plusieurs minutes, éclairés par
des valets qui promènent autour d'eux des bougies
au bout d'un bâton.

L'art dramatique, généralement emphatique et
convulsif comme celui de nos mélodrames, est un
mélange de réalisme parfois choquant et de con-
ventions naïves. Lorsqu'un personnage meurt en
scène, par exemple, l'acteur n'épargne au spectateur aucune des ignominies de l'agonie, ni un
spasme, ni un hoquet. C'est ce qu'une école, qui se
croit novatrice, essaye puérilement d'acclimater
chez nous.

Les saltimbanques au service des Chibaï-Ya,
équilibristes, jongleurs, ou prestidigitateurs forment, comme les lutteurs, une corporation in-
dépendante de celle des comédiens.

Tous ces théâtres, comme nos théâtres forains,
ont une parade à la porte. Leurs répertoires,
assez primitifs, se composent de drames, de
comédies, de vaudevilles, d'opéras et de « no ».

Les drames ont presque toujours pour base la vengeance d'un meurtre ou d'une insulte. Ils sont empreints des sentiments chevaleresques qui ont fait la gloire et la popularité des paladins légendaires du Nippon. Ces paladins avaient un souverain mépris de la mort, le respect du courage malheureux, la clémence envers l'ennemi vaincu et le dédain des vainqueurs triomphants.

« Tu ne vivras pas sous le même toit que le meurtrier de ton père », a dit Confucius. Ce précepte, rigoureusement observé au Japon, y donna naissance à la chevalerie à la fois farouche et raffinée de la vendetta, basée sur les susceptibilités du point d'honneur, l'insouciance de la vie et le mépris de la mort.

Les drames les plus populaires reproduisent des épisodes des guerres des Ghendji et des Heiké, c'est-à-dire des Minamoto et des Taïra ; les exploits du héros Yoshitsuné, frère d'Yoritomo ; la vengeance de Sôga et celle des quarante-sept « ronins » d'Asano. Je parlerai des deux derniers sujets que le théâtre a mis à la scène.

L'aïeul des Sôga a été dépouillé par le père de Yoritomo, et Sôga a été tué par le prince Kudo. Les trois fils de la victime : Goro, Juro et Zenzibos ; la belle Katakaé, leur sœur et leur mère Manko, la femme forte qui a nourri ses enfants d'un lait trempé de fiel, sont en état de vendetta. La famille gardera le deuil jusqu'à l'accomplissement de la vengeance.

La tragédie se déroule dans les montagnes
d'Hakoné, au sud de Kamakura, pendant la période des grandes chasses annuelles du Shôgun
Yoritomo. Les frères conjurés épient, pendant ces
chasses royales, le moment opportun de tuer le
prince Kudo, l'un des favoris du Shôgun. Un
souffle de furie chevaleresque anime le drame,
dont le dénouement prévu amène la mort de
Kudo, immolé par les deux frères aux mânes de
Sôga.

Les deux frères, après avoir tué Kudo, se dis-
posent à faire aussi périr Yoritomo, dont le père
a dépouillé leur aïeul; mais Juro est mis à mort
par un des officiers du Shôgun, nommé Taratsuné
Goro est fait prisonnier par Gummaru, chef des
gardes, chargé de chaînes et conduit devant Yoritomo. Au même instant, Taratsuné apporte la tête
de Juro et la dépose devant Goro, qui verse des
larmes sur le trépas de son frère.

« Ne le regrettez pas, dit Taratsuné, il est
mort en héros. Nous avons croisé le fer, le sien
s'est brisé dans sa main, sans quoi j'eusse assuré-
ment succombé, mais se voyant désarmé il m'a
prié de lui épargner la honte de vivre, en lui
tranchant la tête. »

En disant ces mots, il jette devant Goro le
tronçon de la lame. Yoritomo reconnaît un glaive
qui avait appartenu à ses ancêtres. C'était un
dépôt sacré. Il fait grâce à celui dont le père a
possédé ce trésor. Au lieu d'une sentence de mort,

il comble de bienfaits la fière Manko. Le jeune
Goro, vaincu par la magnanimité du Shôgun,
oublie ses rancunes et entre à son service.

La légende des quarante-sept « ronins » du
daïmio Asano est encore plus dramatique et plus
poignante que celle de la vengeance de Sôga.
Elle est du domaine de l'épopée.

Il y a environ cent cinquante ans, le jeune
daïmio Asano-Takoumi-no-Kami fut insulté par
le ministre Kira-Kotsuké-no-Suké, dans le palais
du Shôgun. Asano, indigné, leva son poignard sur
l'insulteur ; mais le coup, mal assuré, ne lui fit
qu'une égratignure à la figure. Le tout-puissant
Kotsuké fit saisir Asano et obtint qu'il fût con-
damné à s'ouvrir le ventre.

Asano se donna la mort selon les rites de la
chevalerie japonaise, ses biens furent confisqués ;
sa famille ruinée dut aller au loin cacher sa
misère, et sa maison militaire fut dissoute. Dès
lors, ses féaux dispersés devinrent des « ronins »,
c'est-à-dire des déclassés, des espèces « d'outlaws »
livrés aux caprices du sort, comme l'onde soulevée
par la tempête.

Kourano-Suké, premier « samuraï » d'Asano,
après avoir assisté son suzerain dans la tragique
cérémonie du « Hara-Kiri », jura une haine implacable à Kotsuké et à sa race ; puis, lorsqu'il
eut rendu les derniers devoirs à la victime, il
sortit du « Yaski ».

Quarante-cinq des plus nobles et des plus braves

6

« samuraï » du mort se joignirent à Kourano pour
venger en commun la maison de leur prince. Ils
firent le serment de s'emparer de Kotsuké, de lui
trancher la tête et de l'offrir en holocauste aux
mânes de leur suzerain.

Kotsuké, aussi prudent que puissant, fit doubler
les postes de son « yaski » et s'entoura de tant de
précautions qu'il devint impossible de pénétrer
jusqu'à lui. Kourano, jugeant que le moment
n'était pas opportun et sachant que la vengeance
se mange froide, donna le mot d'ordre à ses com-
plices, leur conseilla de se disperser, mais de se
tenir prêts à se réunir au premier signe de rallie-
ment, puis il quitta Yédo avec sa famille, emportant les objets les plus précieux et se retira à
Kioto.

A Kioto, Kourano parut oublier ses projets de
vengeance. On le vit se livrer à la débauche,
chasser sa femme, modèle de vertu, ne garder
auprès de lui que son fils aîné O-Ichi-Tchikara
et se vautrer dans les « Yosiwaras » — maisons
de tolérance — du Yankiro. Il tomba dans un
avilissement si abject qu'un jour, dans la rue, un
« samuraï » indigné lui cracha au visage et le
foula aux pieds.

Kotsuké, informé de l'état de dégradation
dans lequel croupissait Kourano, se rassura et
reprit le cours de sa vie habituelle. C'était ce
qu'attendait Kourano, qui envoya son fils prévenir les « ronins » que l'heure de la vengeance

était proche, et au moment indiqué il quitta clandestinement Kioto pour rejoindre les conjurés sous les murs d'Yédo.

Les quarante-cinq « ronins », unis à Kourano et à son fils Tchikara, ce qui portait leur nombre à quarante-sept, échangèrent de nouveau leurs serments et se dirigèrent vers le « yaski » de Kotsuké à la faveur des ténèbres. La garde du daïmio soutint vainement un combat désespéré et ne put résister à l'impétueux assaut des conjurés. Kotsuké, réveillé en sursaut et fou de terreur, chercha à s'enfuir, mais Kourano le saisit à la gorge et lui dit : « Me reconnaissez-vous ? Je suis Kourano-Suké. C'est moi qui ai reçu dans mes bras la tête du divin Asano, mon suzerain. Je lui ai juré de venger sa mort et d'offrir à ses mânes la tête de Votre Seigneurie. » Puis il présenta respectueusement un poignard au daïmio effaré, en l'invitant à exercer sur lui-même la mortelle cérémonie du « hara-kiri ». Kotsuké hésita, et l'implacable Kourano lui trancha la tête, avec la sérénité d'un justicier. Les quarante-sept « ronins » abandonnèrent le « yaski » en emportant seulement la tête du daïmio.

Le lendemain, à l'aube, lorsque les bonzes allaient ouvrir les portes du temple de Sengakoudji, ils trouvèrent les « ronins » prosternés devant le parvis.

« Frères, dit Kourano aux bonzes consternés, en leur donnant une poignée d'or, acceptez ce don; c'est tout ce que nous possédons, et ouvrez aux compagnons du divin Asano les portes de leur dernière demeure. »

Les bonzes ouvrirent les portes et s'éloignèrent. Lorsqu'ils revinrent, quarante-sept cadavres gisaient dans le sanctuaire. Les « ronins » s'étaient donné la mort après avoir salué le tombeau de leur suzerain.

Peu de temps après ce tragique événement, un « samuraï » de Satsuma pénétra dans le temple. Après avoir fait ses dévotions devant la statue de Bouddha et vidé sa bourse sur les marches du sanctuaire, il alla s'agenouiller sur la tombe de Kourano-Suké, et, s'adressant à l'ombre du héros : « Pardonne à un misérable d'avoir méconnu ta grande âme, dit-il, et reçois sa vie en expiation de l'insulte gratuite qu'il eut le malheur de t'adresser. »

En achevant ces mots, le « samuraï » s'ouvrit le ventre. Il est inhumé, dans le temple de Senga-koudji, à côté des quarante-sept « ronins ». C'est pour cela qu'on voit quarante-huit pierres sépulcrales là où on ne s'attend à n'en trouver que quarante-sept.

Ces héros ont été mis au rang des saints, la postérité leur a voué un véritable culte; les pèlerins accourent des provinces les plus éloignées pour les honorer; on apprend aux enfants à prononcer leurs noms dès le berceau, et le théâtre s'en est emparé pour les glorifier.

La comédie de Kami-ya-Djiye, dont je ne donnerai pas l'analyse, retrace les amours du papetier Djiye et de la « guesha » — chanteuse — O-Haré. Cette comédie de mœurs a d'étroites affinités avec la Dame aux Camélias.

Un des vaudevilles les plus goûtés, parce qu'il berne l'autorité, représentée par les agents de police, est celui dont voici le sujet. Une ordonnance interdit les jeux de hasard dans les endroits publics ; des joueurs, bravant les ordonnances, se sont installés dans la rue. Survient un agent qui leur fait observer qu'ils sont en contravention. Les joueurs parlementent, argumentent et enjôlent tellement l'agent que celui-ci finit par faire la partie des délinquants. Cette pièce aristophanesque a toujours du succès. L'esprit de révolte est inné chez la mauvaise semence d'Adam, il mal seme d'Adamo, comme dit Dante, et, dans tous les pays, le peuple frondeur aime à voir rosser le commissaire.

Les « no » sont de longs récitatifs poétiques, des espèces de mystères, tenant de l'opéra et du ballet. Ils retracent des faits religieux, chantés par des chœurs, tandis que des mimes, par une danse savante et cadencée, accompagnent et expliquent la pensée parfois obscure et mystagogique de l'action ; l'orchestre exprime un soupir poignant, une plainte mélancolique, une lamentation grandiose, d'un charme spasmodique, absorbant et indéfinissable, qui a l'austérité hiératique des ora-

torios. Les « no » sont mystérieusement émou-
vants, comme tout ce qui relève de la danse et de
la musique sacrées. La musique, le plus objectif
des arts, se rapproche de l'absolu par l'universa-
lité des sentiments qu'elle exprime, et surtout par
ceux qu'elle éveille. C'est l'art qui représente le
mieux la quiétude esthétique de l'objectivité et de
a contemplation.

Les « no » ont à peu près disparu avec la splendeur évanouie des daïmios, chez lesquels on les
exécutait, et je crois qu'on n'en entend plus que
dans la « daïri » du Mikado.

V

Sur le sol enchanté du Nippon, où le camélia est arborescent, la vie revêtait la forme du rêve. Les Japonais, qui adorent le soleil sous le nom de Tensho-Daï-Jin et la lune sous celui de Toki-no-Ki, sont les amants de la lune. C'est la muse de leurs peintres et de leurs poètes. Ces derniers sont nombreux, car on reconnaît dans le Parnasse officiel ce qu'on appelle, au Japon, la pléiade des « cent poètes célèbres » que tout lettré doit connaître.

La belle Ono-no-Koma-Ti — la petite ville de la petite campagne — est la figure la plus populaire du panthéon littéraire et la plus radieuse étoile du ciel poétique japonais. Elle appartenait à une famille aristocratique et devint célèbre par

ses charmes, ses talents, ses amours et ses malheurs. Elle avait cette poésie que l'on porte en
soi, poésie qui fait qu'une âme est sensible aux
riantes splendeurs de l'aurore, aux mélancoliques
harmonies du crépuscule, au parfum des fleurs,
au silence des bois, aux murmures de l'onde et
de la brise, aux émotions du cœur, à tous les
enivrants prestiges de la vie.

Le fils d'un Mikado l'aima éperdument et,
comme les lois de l'empire ne permettaient pas à
un fils du Soleil d'épouser une femme en dehors
de sa famille, il résolut d'en faire sa maîtresse.

Koma-Ti promit de céder à ses désirs, mais
voulant mettre à l'épreuve la constance de son
amour, elle lui fit prendre l'engagement solennel
de venir tous les soirs, pendant cent jours consé-
cutifs, lui rendre ses hommages. Le prince alla
quatre-vingt-dix-neuf fois au rendez-vous. Le cen-
tième jour, au moment où il se disposait à sortir
du palais, un orage accompagné d'un tremble-
ment de terre éclata d'une manière formidable.
La « Kisaki », sa mère, qui était informée de ses
habitudes, s'opposa à son départ et le fils respec-
tueux dut céder aux tendres sollicitations mater-
nelles.

Le lendemain, lorsqu'il se présenta chez celle
qu'il aimait, on lui remit une lettre ainsi conçue :
« Vous avez forfait à votre serment, Koma-Ti ne
vous reverra jamais. »

Le prince fut longtemps en proie à un morne

désespoir, mais il se consola avec le temps, père de l'oubli. Koma-Ti, qui avait respiré, comme le prince, les parfums de la belle tulipe bleue du Japon, « l'azaoui » qui fait aimer, ne put effacer de sa mémoire le souvenir de son royal amant, qu'elle avait éconduit dans un moment de dépit. Les larmes flétrirent ses charmes, et elle passa sa vie abandonnée à écrire et à effacer sans cesse des poésies mélancoliques. Des gravures populaires la représentent penchée sur un vase rempli d'eau, les cheveux épars, occupée à laver des bandes de papier, confidentes de ses langueurs. Un soir elle s'éteignit après avoir écrit les vers suivants :

> Hana-no-iro-wa
> Outsouri-ni karina
> Itazourani
> Waga mi yo-ni fourou
> Naga me sesi ma ni.

« Les fleurs se sont fanées vainement pendant que je contemplais ma vie qui traversait les années. »

Deux amies, qui lui étaient restées fidèles dans ses infortunes, lui fermèrent les yeux, la revêtirent d'une robe de brocart d'argent, dernier vestige de sa splendeur évanouie, et la transportèrent dans un champ de roses. La Mort, qui épure les âmes et idéalise les traits, la transfigura. Morte à la terre, elle renaquit à l'immortalité plus belle, plus adorable qu'aux jours de sa prospérité.

7

La légende raconte qu'au clair de lune l'ombre éplorée de cette morte d'amour plane sur les ondes frémissantes du lac Biwa, comme celle de Sapho sur le rocher fatidique de Leucade.

Cela ne fait-il pas songer à ce « yaravi » péruvien, qui dit que, même parmi les fleurs, le parfum est à celle qui sait aimer?

VI

L E roman est une forme littéraire très appréciée chez les Japonais. Ils ont des romans de chevalerie et des romans de mœurs.

Les romans chevaleresques rappellent ceux de la Table Ronde. Le même culte de l'honneur, la même exaltation des sentiments d'abnégation animent les héros. Un souffle lyrique s'y mêle, comme chez nous, à une ironie discrète, qui constitue le caractère de ce peuple, avec lequel nous avons de si mystérieuses affinités. Je vais essayer d'analyser un de ces romans de chevalerie, qui donnera un aperçu de la vie féodale au Nippon.

Le Shôgun a reçu du Mikado la mission de mettre un terme aux troubles qui agitent le pays, si souvent déchiré par des guerres intestines. Le

Shôgun a déjà fait couler tant de sang qu'il est
assiégé de remords. Le bonze Manyo profite de
cette disposition psychologique pour lui susciter
la pensée rédemptrice de vouer son second fils
au culte des autels d'Amida. Ce jeune prince deviendra la rançon du sang versé.

Le Shôgun convoque ses trois fils et annonce à
Jiro, le second, qu'il a résolu de le faire entrer
dans une bonzerie. Le prince consterné lui objecte
qu'il n'a pas la vocation du froc et qu'il préfére-
rait, comme tous les héros de sa race, embrasser
la carrière des armes. Le Shôgun, irrité de ses ob-
jections, décide qu'on lui rasera la tête. Jiro feint
de se soumettre aux ordres de son père, quitte
furtivement le palais et se réfugie clandestinement
chez le vaillant Kinou-Hira, courtisan chevaleresque, qui a pour lui une vive affection. Il l'ac-
cueille avec transports et lui jure que, lui vivant,
il ne deviendra jamais bonze.

Comme il a compris que le Shôgun n'a pris sa
funeste résolution qu'aux instigations de Manyo,
Kinou-Hira s'habille en bonze, s'arme de deux
sabres et se rend au palais, où les courtisans sur-
pris lui demandent le motif de son déguisement.

« J'ai l'habit d'un bonze et la tête d'un « samuraï ». Si je meurs ainsi, mes amis, les boud-
dhistes pourront rire de mon accoutrement, mais
comme j'ignore ce que c'est que le bouddhisme,
je vais prier le bonze Manyo de m'édifier à cet
égard, et s'il réussit à m'endoctriner, je prends

l'engagement d'embrasser sa religion, mais dans
le cas où il ne parviendrait pas à me convaincre, je lui ferai voir comment on coupe une
tête. »

En disant ces mots, il s'avance vers Manyo et
lui adresse sa requête, avec une solennité qui n'est
pas exempte d'une sourde ironie.

« Selon les préceptes de notre religion, répond
le bonze, le sauveur Amida pardonne à celui qui
invoque son nom avec ferveur, et quel que soit
le nombre des crimes qu'il ait commis, son corps
se dégage de ses souillures et devient resplendis-
sant et pur comme l'or vierge.

— Alors, interrompt Kinou-Hira, je puis impu-
nément tuer le premier quidam que je rencontrerai,
et je n'aurai qu'à invoquer le nom d'Amida pour
être absous ?

— Je vois que c'est peine perdue de vous ca-
téchiser ; vous ne voulez pas comprendre ce que
je vous dis, reprend Manyo. Je vous certifie cependant que la foi nous met à l'abri des malheurs
et des catastrophes.

— Si cela est vrai, argue le bouillant « samuraï », je vais vous frapper avec mon sabre et nous
verrons bien si vous pourrez, en invoquant le
nom de votre dieu, conjurer la catastrophe qui
doit en résulter. »

Il tire son sabre du fourreau et se rue violem-
ment sur le bonze, mais les assistants s'interposent,
et Manyo épouvanté prend prudemment la fuite.

Le Shôgun, informé de l'équipée de Kinou-Hira avec Manyo et ayant appris, en outre, qu'il a donné asile à Jiro, ordonne à Hatchiman, son fils aîné, d'aller assiéger le « yaski » du « samuraï » et lui enjoint de lui rapporter les têtes des deux rebelles.

Hatchiman, suivi de « sept mille hommes », dit textuellement le roman, met le siège devant le « yaski » et envoie un parlementaire avant de commencer les hostilités. Kinou-Hira répond au parlementaire qu'il refuse de livrer le jeune prince, parce que ce qui se passe est le résultat douloureux d'une machination ourdie par le bonze Manyo, odieux intrigant qui ne cherche qu'à affaiblir la glorieuse maison du Shôgun, en fomentant la discorde dans sa famille.

Le parlementaire rapporte fidèlement au camp la réponse du courageux « samuraï ». Hatchiman mène avec lenteur les préparatifs du siège à cause de la grande affection qu'il a pour Jiro. Le Shôgun, impatient, lui dépêche un courrier pour stimuler son ardeur, et le fils, mis en demeure par le père, ordonne l'assaut.

Assaillants et assiégés font des prodiges de valeur. Tout à coup un jeune paladin sort du « yaski » fait mordre la poussière à plusieurs assaillants qu'il fauche comme des épis mûrs, en proclamant qu'il est fils adoptif de Kinou-Hira et qu'il s'appelle Yori-Hira. Alors un autre paladin sort à son tour des rangs des assiégeants, déclare se nommer Gongoro, se dirige vers Yori-Hira et lui dit :

« Nous sommes unis comme deux frères en temps de paix ; je déplore que les fatalités de la guerre nous rendent ennemis. La raison d'État fait parfois au fils une loi d'échanger une flèche avec son père. Pour servir nos causes respectives, je vous propose un combat singulier en présence des deux armées. »

Après s'être courtoisement salués, les deux paladins s'abordent, et là lutte s'engage aux applaudissements des deux camps. La passe d'armes est brillante et chevaleresque de la part des deux champions. Kinou-Hira, qui assiste anxieusement, du haut des remparts, à ce périlleux tournoi, ne peut contenir son ardeur, sort du « yaski », va se placer entre les paladins et les objurgue de faire trêve, puis il se rend auprès d'Hatchiman, lui offre de mettre lui-même le feu à son propre « yaski » et lui suggère l'idée de porter au Shôgun les têtes coupées de deux des combattants, qui ont déjà péri dans la mêlée, en l'assurant que ce sont celles de Jiro et de Kinou-Hira.

Hatchiman accepte la proposition avec joie. Le « yaski » est livré aux flammes, et Hatchiman va présenter les deux têtes à son père, qui dit sentencieusement :

« Voilà le juste châtiment réservé aux rebelles qui ne s'inclinent pas devant la volonté du maître. »

La mère de Jiro se lamente en apprenant la

mort de son fils, et le discret Hatchiman sup-
porte les amers reproches qu'elle lui adresse, sans
oser la dissuader en lui avouant le stratagème
dont on avait usé pour calmer l'irritation du
Shôgun.

Kinou-Hira et Jiro ont profité du désordre oc-
casionné par l'incendie du « yaski » pour se ré-
fugier, loin de Yédo, dans la bonzerie de Yichi-
Yama, et s'y cachent en attendant une occasion
favorable pour se réconcilier avec le Shôgun. Ils
y reçoivent un jour la visite du troisième frère
d'Hatchiman, qui l'envoie pour leur recommander
la prudence et la résignation.

Jiro regrette les plaisirs et les splendeurs du
« siro » paternel, et trompe les anxiétés de l'attente
« en contemplant, dans sa solitude, la nature lan-
guissante de l'automne, les fleurs tardives et éplo-
rées qui semblent compatir à sa destinée, les
oiseaux qui pleurent sur sa jeunesse et les ondes
qui sanglotent en s'écoulant, mélancoliques comme
le temps qui fuit ».

Un soir arrive enfin un émissaire du Mikado
les invitant à se rendre à Kioto, auprès du souverain du Japon, qui s'intéresse à une réconci-
liation.

Le Mikado convoque le Shôgun en séance solennelle et lui fait signifier par son kwambaku —
premier ministre — de pardonner à Jiro et à
Kinou-Hira, qu'on a cachés dans une pièce voisine de la salle d'audience. Le Shôgun se soume

aux désirs du souverain caché derrière le rideau qui le dérobe aux regards de l'assistance, et le « kwambaku » prie Hatchiman d'aller prévenir Jiro et Kinou-Hira, mais Hatchiman, qui redoute les ressentiments de son père, soutient qu'il a fait mourir les rebelles et qu'il a présenté leurs têtes au Shôgun. Celui-ci lui dit :

« Tu ne peux pas avoir fait périr le fruit de mes entrailles, ni le vaillant Kinou-Hira, que je considère comme une des colonnes de mon pouvoir. Lorsque je t'en donnai l'ordre, j'étais convaincu que tu ne l'exécuterais pas. Ne dissimule donc plus. J'ai bien vu que les têtes que tu m'as présentées n'étaient pas les leurs. Crois-tu donc que je ne m'en suis pas aperçu ? »

Jiro et Kinou-Hira sont introduits et accueillis avec effusion. Ce dernier sollicite la faveur de se réconcilier avec Manyo et on mande immédiatement le bonze.

« Vous m'avez assuré, naguère, que les péchés étaient remis et que l'on conjurait les maléfices en invoquant dévotement le nom d'Amida. J'ai voulu m'en assurer en usant de mon sabre, mais vous vous dérobâtes à cette épreuve décisive en prenant la fuite. Je ne pus donc pas me convaincre de l'efficacité de la doctrine que vous préconisez; je veux le faire aujourd'hui. »

Il dégaine incontinent et eût mis à mal le pauvre bonze si les assistants ne l'eussent rappelé au respect dû au Mikado, invisible derrière son

rideau et au Shôgun présent. Kinou-Hira revient
à lui et s'excuse sans contrainte. Le « kwambaku »
lui dit alors :

« Il y a du vrai dans ce que vous dites, mais
songez donc que les doctrines de Manyo ne lui
sont pas personnelles; il n'est que l'interprète des
préceptes dorés d'Amida. A présent que vous êtes
assuré que le prince Jiro ne sera jamais bonze,
pardonnez à Manyo et restez toujours fidèle au
Mikado et au Shôgun. »

« Qu'il soit fait suivant vos désirs, répond le
« samuraï ». Mais j'y songe : un de mes fils désire
entrer dans les ordres, je vais le confier à Manyo;
l'autre, au contraire, est passionné pour le métier
des armes, j'appelle sur lui la bienveillance du
Shôgun. »

Je connais un exemplaire, en trois volumes, de
ce roman intéressant, illustré de miniatures sur
fond d'or, d'un superbe éclat. Les épisodes de
l'assaut du « yaski » et du tournoi de Yori-Hira
et de Gongoro sont surtout d'une tonalité merveilleuse.

Un des romans de mœurs les plus célèbres est
celui de *Kosan et Kinguro*. Il jouit au Japon
d'une immense popularité et nous initie aux us de
la vie bourgeoise.

Le « samuraï » Bunnojio avait un fils naturel
dont la mère était morte en lui donnant le jour.
Son père le mit en nourrice et adopta, pour lui
donner une compagne, une petite fille nommée

O-Kamé, qui devint ainsi la sœur du jeune Kinguro. Devenus grands, ces enfants s'aimèrent.

Lors de la naissance de Kinguro, le père de
Bunnojio s'était brouillé avec son fils, qui avait
dû sortir de la maison paternelle et quitter Kioto.
Il s'était retiré à Kamakura.

Longtemps après cette séparation, le vieil « in-
kio », — nom que l'on donne au chef de famille
qui a pris sa retraite, — se sentant malade, écrivit
à son fils Bunnojio qu'il voulait voir Kinguro avant
de mourir. « Confiez-moi l'enfant et tout sera
oublié », lui disait-il. Bunnojio souscrivit aux
désirs de son père et envoya son fils à Kioto,
malgré les larmes de O-Kamé. Les deux amants
se séparèrent en se jurant une fidélité éternelle.

Lorsque Kinguro eut quitté la maison paternelle, O-Kamé devint inconsolable. Elle finit par
s'enfuir du logis et erra dans la campagne avec
l'intention de mettre fin à ses jours. Au moment
où elle allait accomplir son funeste projet, en se
précipitant dans les flots, elle fut saisie par des
malfaiteurs, qui la reconduisirent à Kamakura,
où ils la vendirent au Yankiro — quartier de la
prostitution — sous le nom de Kosan. Bunnojio
la crut morte et ne s'en inquiéta plus.

Après de nombreuses péripéties, la « djoro »
Kosan se racheta pour se soustraire aux ignominies du Yankiro et embrassa la profession artistique, quoique interlope, de « guesha ».

En apprenant la disparition de celle qu'il aimait,

Kinguro revint à Kamakura, où il la chercha
vainement. Un jour, des amis l'entraînent au Yankiro. Le hasard lui fait rencontrer dans ce quartier mal famé et mal hanté, une sœur de O-Kamé,
qui exerçait aussi la profession de « guesha »
et qui ne connaissait pas sa sœur, qu'elle n'avait
plus revue depuis que Bunnojio l'avait adoptée,
au sortir du berceau. Kinguro, expansif comme le
sont souvent les amoureux, lui parla de la fin
prématurée de O-Kamé, qu'il croyait réellement
morte. A cette nouvelle, la « guesha » fondit en
larmes. Toute à sa douleur, elle se retira et envoya
à Kinguro, pour le distraire, une autre « guesha »
qui débutait dans la carrière et dont le talent
naissant égalait la beauté. Cette chanteuse est
Kosan, c'est-à-dire O-Kamé.

A son aspect, la douleur de Kinguro se chang
en indignation. Il accable la jeune fille de reproches
sanglants et pousse l'exaspération jusqu'à l'accuser
de n'être qu'une apparition fallacieuse et déce-
vante qui cherche à l'abuser. Kosan, navrée, lui
assure qu'elle n'a embrassé la carrière de chanteuse galante que pour n'en pas épouser un autre
que lui, et tente de se frapper avec un poignard.
Kinguro, ému, finit par lui demander pardon de
ses emportements et ils se réconcilient.

Kosan donna le jour à un fils qui reçut le nom
de Kinno-Suké. Bunnojio ayant appris les relations
de son fils avec la « guesha » fit tous ses efforts
pour les rompre. Il finit néanmoins, à l'insu de

Kosan, par faire prendre une femme légitime à
Kinguro, mais le nouveau ménage ne fut pas
heureux. Bunnojio, désespéré, se rendit chez Kosan
et lui reprocha amèrement sa responsabilité dans
les désordres de son fils. La malheureuse, qui
ignorait que son amant fût marié, se courba devant
l'autorité paternelle, jura de se séparer de Kinguro, conduisit son fils Kinno-Suké chez sa sœur
la « guesha », avec laquelle son amant l'avait mise
en contact, rentra au logis et se coupa la gorge.

Le lendemain, Kinguro trouva le cadavre de
l'infortunée gisant sur le « futon » de sa chambre.
Bunnojio, qui n'apprit qu'alors l'existence de Kinno-
Suké, regretta de s'être montré si sévère, recueillit
l'orphelin, qu'il fit élever par sa bru, et toute la
famille se trouva réunie sous l'autorité de « l'in-
kio » de Kioto. Kinno-Suké grandit et devint chef
de famille à son tour.

Les Japonais ont, comme nous, leur roman du
Renard. Cet animal insidieux est l'objet d'un
culte spécial sur la colline d'Odji-Inari à Yédo.
Ce peuple sceptique, endormi dans les fatalités
du *nirvâna*, est superstitieux à l'excès ; il croit
aux sortilèges. Les héros du monde des esprits
pernicieux sont le renard, le blaireau et le chat
— « kitsné », « tanuki », « néko », — dont la
ruse consiste à prendre la forme humaine pour
maléficier les malheureux mortels. La légende du
chat de Nabeshima est une des plus caractéristiques
à cet égard.

Un membre de la famille Nabeshima, prince de Hizen, avait pour favorite une fille d'une merveilleuse beauté, nommée O-Toyo. Un soir, O-Toyo vit entrer dans sa chambre un chat colossal, à double queue, d'autant plus effrayant que les chats japonais ont habituellement l'appendice caudal à l'état rudimentaire, comme le lapin. Le chat se rua avec rage sur la jeune fille, l'étrangla et la traîna dans un coin du jardin, où il l'enfouit. Tout cela fut exécuté avec une rapidité vertigineuse.

Le chat rentra ensuite dans la chambre de sa victime, au moment même où le prince allait ouvrir discrètement la porte. Le chat se métamorphosa subitement et revêtit les trompeuses apparences de O-Toyo.

La fausse O-Toyo, plus voluptueuse que jamais, s'abandonna passionnément à son amant. Celui-ci, au milieu de ses transports, fut inopinément saisi d'une inexprimable angoisse qui le tint éveillé jusqu'au matin et en proie au délire. La nuit suivante, au coup de minuit, il éprouva de nouvelles et douloureuses hallucinations. Ces phénomènes morbides se renouvelèrent pendant plusieurs nuits. Le prince dépérit, et on dut veiller à son chevet; mais à minuit, tous les veilleurs succombaient à un sommeil invincible et les souffrances du malade recommençaient.

Un des serviteurs de la maison, nommé Ho-Soda, réclama la faveur de veiller son maître. On la lui accorda. A minuit, le serviteur fut envahi, à son tour, par une torpeur obsédante, et pour n'y pas succomber il s'enfonça un poignard dans la cuisse. Au même instant, O-Toyo arriva et le prince commença à s'agiter fébrilement et à geindre. La fausse O-Toyo s'aperçut du stratagème de Ho-Soda, le félicita, avec une ironie mal dissimulée, sur son dévouement, se pencha vers le prince et se retira. Dès qu'elle eut disparu, le prince redevint calme.

La nuit suivante, au moment où O-Toyo pénétra dans la chambre, Ho-Soda se précipita vers elle en levant son sabre, mais l'enchanteresse s'évanouit comme une ombre. Ho-Soda appela à l'aide et on vit un énorme chat noir disparaître, en bondissant par la fenêtre.

Le charme était rompu, le prince recouvra la santé, et le fidèle Ho-Soda fut comblé de faveurs.

VII

Depuis l'ingérence des « Todjins » — étrangers — et la chute du Shôgunat qui en fut la conséquence, les Japonais ont gardé leurs superstitions, mais ils ont perdu leur génie national. Ils se sont rués dans le courant vertigineux de l'industrialisme moderne, penchant vireux des sociétés troublées, qui s'énervent et se désagrègent à rechercher la plus grande somme possible de jouissances hâtives et matérielles, parce qu'elles ne comptent pas sur le lendemain. Avec la sécurité du régime énergique et pondéré, inauguré par la main de fer de Gon-Ghen-Sama et aboli par la révolution de 1868, le Japon a perdu son caractère et s'est aveuglément féru de l'imitation européenne. Les artistes, entraînés dans un courant purement industriel, ont déserté l'étude de la nature et oublié les traditions de leurs ancêtres.

L'art ésotérique qui a fait la gloire du Nippon ne s'avilissait pas dans les banalités du métier. L'artiste, volontairement inféodé aux daïmios, avait la probité de son art, travaillait consciencieusement, à l'abri des préoccupations fiévreuses du gain et ne livrait à ses Mécènes que des chefs-d'œuvre, accomplis sans trouble et sans précipitation, dans la quiétude d'une existence assurée.

Les Daïmios comptaient, parmi leur nombreux personnel, des artistes en tout genre, qui vivaient dans le « yaski », y jouissaient d'une grande considération et pouvaient économiser les gratifications qu'ils devaient à la munificence de ces princes magnifiques.

On ne refera plus ces admirables laques, ces délicates peintures sur émail et sur soie, ces fines broderies, ces exquises ciselures sur métaux, ces divines miniatures monastiques des bonzeries, ces bronzes étonnants, ces merveilles de goût et de patience, toutes ces entéléchies qui exigeaient des années de labeur. Cet art mystérieux est entré dans le domaine archéologique, comme les terres cuites de Tanagra, les vases étrusques, les médailles de Syracuse, les émaux translucides des Byzantins, les splendeurs de l'art arabe du temps des Kalyfes, les suavités mystiques des primitifs et les faïences d'Oiron. On n'en trouvera des spécimens que dans les collections des délicats et des raffinés.

9

On devra se tenir en garde contre les contrefaçons exécutées par les Japonais actuels en vue de l'exportation sollicitée par les spéculateurs européens. Les Japonais contrefont aujourd'hui les vieux laques, les vieux craquelés, les vieux bronzes dont nos magasins de curiosités et de nouveautés regorgent, à la grande liesse des naïfs, dénués de flair. Les curiosités authentiques font la joie et l'orgueil des fins connaisseurs, difficiles à tromper; les contrefaçons sont le lot fatal des simples amateurs, maniaques prédestinés, dont les modestes aspirations sont aisées à satisfaire.

Les Japonais sont des contrefacteurs émérites et dangereux. Ils fabriquent même, au moyen du suc gélatineux de certaines plantes marines, d'étonnantes contrefaçons de nids de l'hirondelle salangane de Java, dont la Chine et l'Europe sont dupes.

L'exportation avilit les produits modernes de ce pays, et les Japonais arriveront, comme les Chinois, à ne plus façonner, au lieu de boîtes laquées, que des boîtes de carton peint.

L'âge d'or de l'art a fait son temps au Japon; l'âge de fer de l'industrie commence.

FIN.

Imprimé

PAR A. QUANTIN

7, RUE SAINT-BENOIT

PARIS

PARIS. — Impr. J. CLAYE. — A. QUANTIN et Cⁱ, rue St-Benoît.

www.ingramcontent.com/pod-product-compliance
Lightning Source LLC
Chambersburg PA
CBHW070811260626
47161CB00006B/2252